Roald Dahl

Nab Wrc

Darluniau gan Quentin Blake

Cyfieithiad gan Elin Meek

RILY

Cewch ddysgu mwy am Roald Dahl
wrth ymweld â'r wefan:

roalddahl.com

Nab Wrc
ISBN – 9781849671170

Hawlfraint y testun: © Roald Dahl Nominee Ltd, 1990
Hawlfraint y darluniau: © Quentin Blake, 1990

Cyfieithiad gan Elin Meek
Hawlfraint y cyfieithiad © Rily Publications Ltd, 2012

Cyhoeddwyd yn wreiddiol yn Saesneg fel *Esio Trot*
Esio Trot © Roald Dahl Nominee Ltd, 1990

Cysodwyd mewn 12/15pt Baskerville
gan Wasg Dinefwr, Llandybïe, Sir Gaerfyrddin

Argraffwyd a rhwymwyd ym Mhrydain
gan CPI Group (UK) Ltd, Croydon, CR0 4YY

Cyhoeddwyd gan Rily Publications Ltd
Blwch SB 20
Hengoed, CF82 7YR
www.rily.co.uk

Alffi

Mr
Hoppy

Perchennog y Siop
Anifeiliaid Anwes

Mrs
Silver

Y Daliwr
Crwbanod

**Hefyd ar gael oddi wrth
Cyhoeddiadau Rily**

*Yr CMM
Charlie a'r Ffatri Siocled
Charlie a'r Esgynnydd Mawr Gwydr
Moddion Rhyfeddol George
James a'r Eirinen Wlanog Enfawr
Matilda
Y Gwrachod
Jiráff, a'r Pelican a Fi
Danny Pencampwr y Byd*

I ddarllenwyr iau

*Y Crocodeil Anferthol
Mr Cadno Campus
Y Twits*

Dymuna'r cyhoeddwyr gydnabod cymorth
Cyngor Llyfrau Cymru.

I Clover a Luke

Nodyn yr Awdur

Rai blynyddoedd yn ôl, pan oedd fy mhlant i'n rhai bach, bydden ni'n cadw crwban neu ddau yn yr ardd. Roedd crwban anwes yn olygfa gyffredin ar lawnt neu iard gefn bryd hynny. Roeddet ti'n gallu eu prynu nhw'n rhad iawn yn unrhyw siop anifeiliaid anwes a nhw oedd yr anifeiliaid anwes lleiaf trafferthus, ac yn rhai hollol ddiniwed.

Roedd crwbanod yn cael eu cludo i Brydain yn eu miloedd, wedi'u pacio mewn cewyll. O Ogledd Affrica roedden nhw'n dod yn bennaf. Ond, rai blynyddoedd yn ôl, cafodd deddf ei phasio yn ei gwneud hi'n anghyfreithlon i unrhyw un ddod â chrwbanod i mewn i'r wlad. Nid rhywbeth i'n hamddiffyn ni oedd hyn. Doedd y crwban bach ddim yn beryglus i neb. Cafodd hyn ei wneud er mwyn bod yn garedig wrth y crwban ei hun. Rwyt ti'n gweld, roedd y masnachwyr oedd yn dod â nhw i Brydain yn arfer gwasgu cannoedd ohonyn nhw'n dynn i mewn i'r cewyll heb fwyd na diod ac mewn amodau mor ofnadwy, nes bod nifer mawr ohonyn nhw'n marw ar y fordaith. Felly, yn hytrach na gadael i'r creulondeb hwn barhau, rhoddodd y Llywodraeth stop ar yr holl fusnes.

Digwyddodd yr holl bethau rwyt ti'n mynd i ddarllen amdanyn nhw yn y stori hon yn y dyddiau pan oedd unrhyw un yn gallu mynd i brynu crwban bach o siop anifeiliaid anwes.

NAB WRC

Roedd Mr Hoppy yn byw mewn fflat fach i fyny fry
mewn adeilad concrit uchel. Ar ei ben ei hun roedd
e'n byw. Roedd wedi bod yn ddyn unig erioed ac ers
iddo ymddeol o'r gwaith roedd yn fwy unig byth.

    Roedd gan Mr Hoppy ddau beth roedd yn eu caru.
Y blodau a dyfai ar ei falconi oedd y peth cyntaf.
Roedden nhw'n tyfu mewn potiau ac ambell dwba a
basged, ac yn yr haf byddai'r balconi bach yn fôr o liw.

    Cyfrinach roedd e'n ei chadw yn llwyr iddo'i hun
oedd yr ail beth.

3

Roedd y balconi oedd yn union o dan un
Mr Hoppy yn ymwthio allan dipyn pellach o'r adeilad
na'i falconi ef, felly gallai Mr Hoppy weld yn glir beth
oedd yn digwydd yno bob amser. Dynes ganol oed
ddeniadol o'r enw Mrs Silver oedd perchennog y
balconi hwn. Gwraig weddw oedd yn byw ar ei phen ei
hun oedd Mrs Silver. Ac er nad oedd hi'n gwybod
hynny, hi oedd gwrthrych serch cudd Mr Hoppy.
Roedd wedi'i charu o'i falconi ers blynyddoedd lawer,
ond roedd yn ddyn swil iawn a doedd e erioed wedi
gallu rhoi'r awgrym lleiaf iddi ei fod yn ei charu.

Bob bore, byddai Mr Hoppy a Mrs Silver yn mân
siarad, y naill yn edrych i lawr oddi uchod, a'r llall yn
edrych i fyny, ond fyddai dim mwy na hynny'n
digwydd byth. Efallai mai ychydig lathenni yn unig
oedd rhwng y ddau falconi, ond teimlai fel miliwn o
filltiroedd i Mr Hoppy. Roedd yn dyheu am wahodd
Mrs Silver i fyny am gwpanaid o de a bisgeden, ond
bob tro roedd ar fin dweud y geiriau wrthi, roedd ei
ddewrder yn diflannu. Fel y dywedais i, dyn swil iawn
iawn oedd e.

Dyna drueni, byddai'n dweud wrtho'i hun o hyd, na allai wneud rhywbeth gwych fel achub ei bywyd neu ei chipio oddi ar fintai o ladron arfog cas. Petai ond yn gallu gwneud rhywbeth a fyddai'n gwneud iddi ei weld yn arwr. Trueni . . .

Y drafferth gyda Mrs Silver oedd ei bod hi'n rhoi ei chariad i gyd i rywun arall, a chrwban bach o'r enw Alffi oedd y rhywun hwnnw. Bob dydd, pan fyddai Mr Hoppy yn edrych dros ei falconi ac yn gweld Mrs Silver yn sibrwd geiriau tyner wrth Alffi ac yn mwytho'i gragen, byddai'n teimlo'n hurt o eiddigeddus. Fyddai dim gwahaniaeth ganddo fod yn grwban ei hunan petai hynny'n golygu bod Mrs Silver yn mwytho'i gragen bob bore ac yn sibrwd geiriau tyner wrtho.

Roedd Alffi wedi bod yn eiddo i Mrs Silver ers
blynyddoedd ac yn byw ar ei balconi haf a gaeaf.
Roedd estyll pren wedi'u gosod o gwmpas ochrau'r
balconi fel y gallai Alffi gerdded o gwmpas heb
gwympo dros yr ymyl, ac yn un cornel roedd tŷ bychan
y byddai Alffi'n cropian i mewn iddo bob nos i gadw'n
gynnes.

Pan fyddai'r tywydd oer yn dod ym mis Tachwedd,
byddai Mrs Silver yn llenwi tŷ Alffi â gwair sych, a
byddai'r crwban yn cropian i mewn ac yn claddu ei
hun yn ddwfn oddi tano ac yn mynd i gysgu am

fisoedd lawer heb fwyd na diod. Gaeafgysgu yw'r gair
am hyn.

Ar ddechrau'r gwanwyn, pan fyddai Alffi'n teimlo'r
tywydd yn cynhesu drwy ei gragen, byddai'n dihuno ac
yn cropian yn araf iawn allan o'i dŷ i'r balconi.
A byddai Mrs Silver yn curo'i dwylo'n hapus ac yn
gweiddi, 'Croeso 'nôl, fy nghariad bach i! O, dwi wedi
gweld dy eisiau di!'

Ar adegau fel hyn byddai Mr Hoppy'n dymuno'n
fwy nag erioed y gallai gyfnewid lle ag Alffi a bod yn
grwban.

Un bore braf ym mis Mai,
digwyddodd rhywbeth a newidiodd, ac
yn wir a wefreiddiodd, fywyd Mr Hoppy.
Roedd yn pwyso dros reilen ei falconi yn
gwylio Mrs Silver yn rhoi ei frecwast i Alffi.

'Dyma galon y letysen i ti, 'nghariad bach
i,' meddai. 'A dyma sleisen o domato ffres a
darn o seleri braf.'

'Bore da, Mrs Silver,' meddai Mr Hoppy. 'Mae
Alffi'n edrych yn dda bore 'ma.'

'On'd yw e'n hyfryd!' atebodd Mrs Silver, gan
edrych i fyny a gwenu arno o glust i glust.

'Hyfryd dros ben,' cytunodd Mr Hoppy, heb feddwl hynny mewn gwirionedd. A nawr, wrth iddo edrych i lawr ar wyneb siriol Mrs Silver yn edrych i fyny ar ei wyneb yntau, meddyliodd am y milfed tro mor hardd oedd hi, mor annwyl a llawn caredigrwydd, ac roedd yn glaf o gariad.

'Trueni na fyddai e'n *tyfu* ychydig yn gynt,' meddai
Mrs Silver. 'Bob gwanwyn, pan fydd e'n dihuno ar ôl
gaeafgysgu, dwi'n ei bwyso fe ar dafol y gegin.
A wyddoch chi nad yw e wedi magu mwy na *thair owns*
yn yr un mlynedd ar ddeg ers i mi ei gael! Dyw
hynny'n *ddim byd*, bron!'

'Faint mae e'n ei bwyso erbyn hyn?' gofynnodd
Mr Hoppy iddi.

'Dim ond tair owns ar ddeg,' atebodd Mrs Silver.
'Tua'r un faint â grawnffrwyth.'

'Ie, wel, mae crwbanod yn tyfu'n araf iawn,' meddai
Mr Hoppy yn ddifrifol. 'Ond maen nhw'n gallu byw
am gan mlynedd.'

'Dwi'n gwybod hynny,' atebodd Mrs Silver. 'Ond
trueni na fyddai e'n tyfu ychydig bach yn fwy. Hen un
bach yw e.'

'Mae'n edrych yn iawn fel mae e,' meddai Mr
Hoppy.

'Nac ydy, dyw e *ddim* yn iawn!' llefodd Mrs Silver.

'Ceisiwch feddwl pa mor ddiflas mae e'n teimlo ac yntau mor fach! Mae pawb eisiau tyfu'n fawr.'

'Fyddech chi *wir* wrth eich bodd petai e'n tyfu'n fwy, oni fyddech chi?' meddai Mr Hoppy, a hyd yn oed wrth iddo ddweud hyn, daeth sŵn *clic* i'w feddwl a gwawriodd syniad anhygoel arno.

'Wrth gwrs!' llefodd Mrs Silver. 'Fe fyddwn i'n rhoi *unrhyw beth* i wneud i hynny ddigwydd! Dwi wedi gweld lluniau o grwbanod anferthol sydd mor enfawr, fel y gall pobl fynd ar eu cefnau nhw! Petai Alffi'n gweld y rheini, byddai e'n berwi o genfigen!'

Roedd meddwl Mr Hoppy yn troi fel chwirligwgan. Hwn oedd ei gyfle mawr! Cydia ynddo, meddai wrtho'i hun. Cydia ynddo'n glou!

'Mrs Silver,' meddai. 'Dwi'n digwydd gwybod sut mae gwneud i grwbanod dyfu'n gynt, os mai dyna rydych chi wir ei eisiau.'

'Ydych chi?' llefodd. 'O, dywedwch wrtha i, wir! Ydw i'n rhoi'r bwyd anghywir iddo fe?'

'Fe fues i'n gweithio yng Ngogledd Affrica ar un adeg,' meddai Mr Hoppy. 'O'r fan honno mae'r holl grwbanod sy yma ym Mhrydain yn dod, ac fe ddywedodd dyn o lwyth y Bedwin y gyfrinach wrtha i.'

'Dywedwch wrtha i!' gwaeddodd Mrs Silver. 'Dwi'n ymbil arnoch chi i ddweud wrtha i, Mr Hoppy! Fi fydd eich morwyn am byth.'

Pan glywodd Mr Hoppy y geiriau *eich morwyn am byth*, aeth gwefr fach o gyffro drwyddo. 'Arhoswch fan'na,' meddai. 'Mae'n rhaid i mi fynd i mewn i ysgrifennu rhywbeth ar bapur i chi.'

Ymhen ychydig funudau roedd Mr Hoppy yn ôl ar y balconi gyda dalen o bapur yn ei law. 'Dwi'n mynd i glymu'r ddalen wrth ddarn o linyn a'i hanfon i lawr atoch chi,' eglurodd, 'rhag ofn iddi chwythu i ffwrdd. Dyma hi'n dod.'

Cydiodd Mrs Silver yn y papur, ei ddal yn uchel o'i blaen, a'i ddarllen:

NAB WRC, NAB WRC,
AFYT NY YWF, YWF!
ERED, NAB WRG,
AFYT, ADDYWCH, AIFIRP!
AGYLBTAD, ANGAHE, ADDYNYC!
ATYWB! AIFFWTS! AICWOLL! ACNYLL!
AGAM RETSARF, NAB WRG, AGAM RETSARF!
ERED, ERED! AICWOLL DYWF!

'Beth yw ystyr hwn?' gofynnodd. 'Ai iaith arall yw hi?'

'Iaith y crwbanod yw hi,' meddai Mr Hoppy.

'Mae crwbanod yn greaduriaid sy ar ei hôl hi, braidd. Felly dim ond geiriau sy'n mynd tuag yn ôl maen nhw'n gallu eu deall. Mae hynny'n amlwg, on'd yw e?'

'Mae'n debyg,' meddai Mrs Silver, wedi drysu.

'Nab wrc yw crwban wedi'i sillafu tuag yn ôl, dyna i gyd,' eglurodd Mr Hoppy. 'Edrychwch ar y geiriau.'

'Felly'n wir,' meddai Mrs Silver.

'Mae'r geiriau eraill wedi'u sillafu tuag yn ôl hefyd,' meddai Mr Hoppy. 'Os trowch chi nhw o gwmpas i iaith pobl, y cyfan maen nhw'n ei ddweud yw:

CRWBAN, CRWBAN,
TYFA YN FWY, FWY!
DERE, GRWBAN,
TYFA, CHWYDDA, PRIFIA!
DATBLYGA, EHANGA, CYNYDDA!
BWYTA, STWFFIA, LLOWCIA, LLYNCA!
MAGA FRASTER, GRWBAN, MAGA FRASTER!
DERE, DERE, LLOWCIA FWYD!

Edrychodd Mrs Silver yn fwy manwl ar y geiriau hud ar y papur. 'Mae'n debyg eich bod chi'n iawn,' meddai hi. 'Dyna glyfar ydych chi, yn gallu siarad iaith y crwbanod.'

'Dyma sy raid i chi ei wneud gydag Alffi, Mrs Silver,' meddai Mr Hoppy, 'ei godi at eich wyneb a sibrwd y geiriau hyn wrtho dair gwaith y dydd bob bore, am hanner dydd a gyda'r nos. Gadewch i mi eich clywed chi'n eu hadrodd.'

Yn araf iawn a chan faglu ychydig dros y geiriau rhyfedd, darllenodd Mrs Silver y neges gyfan yn uchel yn iaith y crwbanod.

'Ddim yn ddrwg,' meddai Mr Hoppy. 'Ond ceisiwch roi rhagor o fynegiant yn y geiriau wrth eu dweud wrth Alffi. Os gwnewch chi hynny'n iawn, fe fentra i y bydd e ddwywaith y maint yw e nawr ymhen ychydig fisoedd.'

'Fe ro' i gynnig arni,' meddai Mrs Silver. 'Fe rof i gynnig ar unrhyw beth, wrth gwrs. Ond alla i ddim credu y bydd e'n gweithio.'

'Fe gewch chi weld,' atebodd Mr Hoppy, gan wenu arni.

Yn ôl yn ei fflat, roedd Mr Hoppy'n crynu gan gyffro. *Eich morwyn am oes*, meddai wrtho'i hun drosodd a throsodd. Dyna lawenydd!

Ond roedd llawer o waith i'w wneud cyn i hynny ddigwydd.

Bwrdd a dwy gadair oedd yr unig ddodrefn yn ystafell fyw fach Mr Hoppy. Symudodd y rhain i'w ystafell wely. Yna aeth allan a phrynu darn mawr o gynfas trwchus a'i daenu dros lawr yr ystafell fyw er mwyn cadw'r carped yn lân.

Nesaf, estynnodd am y llyfr ffôn ac ysgrifennu cyfeiriad pob siop anifeiliaid anwes yn y ddinas. Roedd pedair ar ddeg ohonyn nhw i gyd.

Cymerodd hi ddau ddiwrnod iddo ymweld â phob siop anifeiliaid anwes a dewis ei grwbanod. Roedd eisiau nifer mawr arno – cant o leiaf, efallai rhagor. Ac roedd yn rhaid iddo'u dewis nhw'n ofalus iawn.

I ti a mi, does dim llawer o wahaniaeth rhwng un crwban a'r llall. Dim ond o ran maint a lliw eu cregyn maen nhw'n amrywio. Cragen dywyll oedd gan Alffi, felly dim ond crwbanod â chregyn tywyll a ddewisodd Mr Hoppy ar gyfer ei gasgliad mawr.

Roedd maint, wrth gwrs, yn bwysig iawn. Dewisodd Mr Hoppy bob math o wahanol feintiau. Roedd rhai'n pwyso dim ond ychydig mwy na thair owns ar ddeg – pwysau Alffi. Roedd eraill yn pwyso llawer mwy, ond doedd e ddim eisiau rhai oedd yn pwyso llai nag Alffi.

'Rhowch ddail bresych iddyn nhw i'w bwyta,' meddai perchennog un o'r siopau anifeiliaid anwes wrtho. 'Dyna'r cyfan sydd ei angen arnyn nhw. A phowlen o ddŵr.'

Roedd Mr Hoppy mor frwdfrydig; erbyn iddo orffen, roedd wedi prynu dim llai na chant a phedwar deg o grwbanod, ac fe'u cariodd nhw adref mewn basgedi, yn ddeg ac yn bymtheg ar y tro. Bu'n rhaid iddo wneud sawl taith ac roedd wedi ymlâdd erbyn y diwedd, ond roedd yn werth yr ymdrech. Oedd yn wir, roedd yn werth yr ymdrech! A dyna olygfa wych oedd yn ei ystafell fyw pan oedden nhw i gyd yno gyda'i gilydd.

Roedd y llawr yn fyw o grwbanod o wahanol feintiau, rhai'n cerdded o gwmpas yn araf ac yn chwilota, rhai'n cnoi dail bresych, eraill yn yfed dŵr o bowlen fawr fas. Roedden nhw'n gwneud sŵn sisial tawel wrth gerdded dros y cynfas, ond dyna'r cyfan. Roedd yn rhaid i Mr Hoppy gerdded ar flaenau ei draed rhwng y môr bywiog o gregyn brown wrth groesi'r ystafell. Ond dyna ddigon am hynny. Mae'n rhaid iddo fwrw ymlaen â'r gwaith.

Cyn iddo ymddeol mecanic mewn garej fysiau oedd Mr Hoppy wedi bod. Ac felly, aeth yn ôl i'w le gwaith a gofyn i'w ffrindiau a allai ddefnyddio'i hen fainc am awr neu ddwy.

Roedd yn rhaid iddo lunio rhywbeth a fyddai'n estyn i lawr o'i falconi ef i falconi Mrs Silver ac yn medru codi crwban. Doedd hyn ddim yn anodd i fecanic fel Mr Hoppy.

Yn gyntaf, gwnaeth ddwy grafanc neu ddau fys metel, a rhoi'r rhain yn sownd ar ben tiwb metel hir. Rhoddodd ddwy wifren gadarn i lawr y tiwb a'u clymu wrth y ddwy grafanc fel bod y crafangau'n agor wrth dynnu'r wifren, ac yn cau wrth eu gwthio. Roedd y gwifrau wedi'u cysylltu wrth ddolen ym mhen arall y tiwb. Roedd y cyfan yn syml iawn.

Roedd Mr Hoppy yn barod i ddechrau.

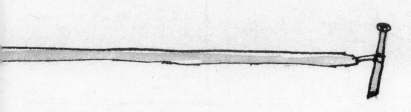

Swydd ran amser oedd gan Mrs Silver. Roedd hi'n gweithio rhwng canol dydd a phump o'r gloch bob diwrnod gwaith mewn siop bapurau newydd a melysion. Roedd hynny'n gwneud pethau'n llawer haws i Mr Hoppy.

Felly, ar y prynhawn cyffrous cyntaf hwnnw, ar ôl gwneud yn siŵr fod Mrs Silver wedi mynd i'r gwaith, aeth Mr Hoppy allan ar ei falconi gyda'i bolyn metel hir. Daliwr crwbanod oedd ei enw am y teclyn hwn. Pwysodd dros y rheilen a gollwng y polyn i lawr at falconi Mrs Silver islaw. Roedd Alffi'n gorwedd yn yr heulwen bŵl draw yn un gornel o'r balconi.

'Helô, Alffi,' meddai Mr Hoppy. 'Rwyt ti'n mynd am reid fach.'

Symudodd y daliwr crwbanod nes ei fod yn union uwchben Alffi. Gwthiodd y lifer fel bod y crafangau'n agor led y pen. Yna gollyngodd y ddwy grafanc yn dwt dros gragen Alffi a thynnu'r lifer. Cydiodd y crafangau'n dynn am y gragen fel dau fys. Cododd Alffi i fyny i'w falconi ei hun. Hawdd fel baw.

Pwysodd Mr Hoppy Alffi ar ei dafol ei hun i wneud yn siŵr fod ffigwr Mrs Silver, sef tair owns ar ddeg, yn gywir. Oedd yn wir.

Nawr, gan ddal Alffi yn un llaw, aeth ar flaenau'i draed drwy ei gasgliad enfawr o grwbanod er mwyn dod o hyd i un a oedd â chragen yr un lliw ag un Alffi ac yn pwyso *dwy owns yn union yn fwy*.

Dyw dwy owns ddim yn llawer. Mae'n llai na phwysau wy iâr gweddol fach. Ond, rwyt ti'n gweld, y peth pwysig yng nghynllun Mr Hoppy oedd gwneud yn siŵr fod y crwban newydd yn fwy nag Alffi, ond dim ond *mymryn bach* yn fwy. Roedd yn rhaid i'r gwahaniaeth fod mor fach fel na fyddai Mrs Silver yn sylwi arno.

O'i gasgliad enfawr, doedd hi ddim yn anodd i Mr
Hoppy ddod o hyd i'r union grwban oedd ei angen
arno. Roedd eisiau un oedd yn pwyso pymtheg owns
ar y dafol, dim mwy a dim llai. Wedi iddo ddod o hyd
i'r union grwban, rhoddodd e ar fwrdd y gegin wrth
ymyl Alffi, a phrin roedd Mr Hoppy, hyd yn oed, yn
gallu dweud bod un yn fwy na'r llall. Ond *roedd* yn fwy.
Roedd ddwy owns yn fwy. Dyma Grwban Rhif 2.

Aeth Mr Hobby â Chrwban Rhif 2 allan ar y balconi a'i roi yn sownd yng nghrafanc ei ddaliwr crwbanod. Yna gollyngodd ef i lawr yn araf ar falconi Mrs Silver, yn union wrth ochr letysen ffres braf.

Doedd Crwban Rhif 2 erioed wedi bwyta dail letys hyfryd ffres o'r blaen. Dim ond hen ddail bresych gwydn roedd wedi'u bwyta. Roedd yn dwlu ar y letys a dechreuodd gnoi'n awchus.

Yna roedd yn rhaid aros yn nerfus am ddwy awr i Mrs Silver ddod adref o'i gwaith.

A fyddai hi'n gweld unrhyw wahaniaeth rhwng y crwban newydd ac Alffi? Roedd hon yn mynd i fod yn eiliad lawn tensiwn.

Camodd Mrs Silver allan ar ei balconi.

'Alffi, 'nghariad i!' gwaeddodd. 'Mae Mami 'nôl!
Wyt ti wedi gweld fy eisiau i?'

Daliodd Mr Hoppy ei anadl wrth syllu dros ei
reilen, wedi'i guddio'n dda rhwng dau blanhigyn
enfawr mewn potiau.

Roedd y crwban newydd yn dal i fwyta'r letys yn
awchus.

'Wel wir, Alffi, mae tipyn o chwant bwyd arnat ti heddiw,' meddai Mrs Silver. 'Mae'n rhaid bod geiriau hud Mr Hoppy yn gweithio.'

Gwyliodd Mr Hoppy wrth i Mrs Silver godi'r crwban a mwytho'i gragen. Yna tynnodd ddarn papur Mr Hoppy allan o'i phoced, dal y crwban yn agos iawn at ei hwyneb, a sibrwd, gan ddarllen o'r papur:

'NAB WRC, NAB WRC,

AFYT NY YWF, YWF!

ERED, NAB WRG,

AFYT, ADDYWCH, AIFIRP!

AGYLBTAD, ANGAHE, ADDYNYC!

ATYWB! AIFFWTS! AICWOLL! ACNYLL!

AGAM RETSARF, NAB WRG, AGAM RETSARF!

ERED, ERED! AICWOLL DYWF!'

Gwthiodd Mr Hoppy ei ben allan o'r dail a dweud, 'Noswaith dda, Mrs Silver. Sut mae Alffi heno?'

'O, mae e'n hyfryd,' meddai Mrs Silver, gan edrych i fyny a gwenu o glust i glust. 'Ac mae *cymaint* o chwant bwyd arno fe! Dwi erioed wedi'i weld e'n bwyta fel hyn o'r blaen. Mae'n rhaid bod y geiriau hud yn gweithio.'

'Pwy a ŵyr,' atebodd Mr Hoppy yn awgrymog. 'Pwy a ŵyr.'

Arhosodd Mr Hoppy am saith diwrnod cyfan cyn bwrw ymlaen â'i gynllun.

Ar brynhawn y seithfed dydd, pan oedd Mrs Silver wrth ei gwaith, cododd Grwban Rhif 2 o'r balconi islaw a dod ag ef i mewn i'w ystafell fyw. Roedd Rhif 2 wedi pwyso *pymtheg* owns yn union. Nawr roedd yn rhaid iddo ddod o hyd i grwban oedd yn pwyso *dwy owns ar bymtheg* yn union, sef dwy owns yn fwy.

O'i gasgliad enfawr, daeth o hyd i grwban dwy owns ar bymtheg yn hawdd ac unwaith eto gwnaeth yn siŵr fod lliwiau'r cregyn yr un fath. Yna gollyngodd Grwban Rhif 3 yn araf ar falconi Mrs Silver.

Fel rwyt ti wedi dyfalu erbyn hyn, cyfrinach syml iawn oedd gan Mr Hoppy. Os yw creadur yn tyfu'n ddigon araf – hynny yw, yn araf iawn iawn – fyddi di byth yn sylwi ei fod wedi tyfu o gwbl, yn enwedig os wyt ti'n ei weld bob dydd.

Mae'n union yr un fath gyda phlant. Maen nhw'n tyfu'n dalach bob wythnos, ond fydd eu mamau byth yn sylwi nes y byddan nhw'n tyfu'n rhy fawr i'w dillad.

Gan bwyll bach, meddai Mr Hoppy wrtho'i hun. Paid â brysio.

Felly dyma sut aeth pethau dros yr wyth wythnos nesaf.

Yn y dechrau

ALFFI   pwysau 13 owns

Diwedd yr wythnos gyntaf

CRWBAN RHIF 2   pwysau 15 owns

Diwedd yr ail wythnos

CRWBAN RHIF 3   pwysau 17 owns

Diwedd y drydedd wythnos

CRWBAN RHIF 4   pwysau 19 owns

Diwedd y bedwaredd wythnos

CRWBAN RHIF 5   pwysau 21 owns

Diwedd y bumed wythnos

CRWBAN RHIF 6   pwysau 23 owns

Diwedd y chweched wythnos

CRWBAN RHIF 7 pwysau 25 owns

Diwedd y seithfed wythnos

CRWBAN RHIF 8 pwysau 27 owns

Tair owns ar ddeg roedd Alffi'n ei bwyso. Roedd
Crwban Rhif 8 yn saith owns ar hugain. Yn araf iawn,
dros saith wythnos, roedd anifail anwes Mrs Silver
wedi dyblu mewn maint, a mwy, a doedd y fenyw dda
ddim wedi sylwi o gwbl.

40

Hyd yn oed i Mr Hoppy, wrth syllu i lawr dros ei reilen, roedd Crwban Rhif 8 yn edrych yn go fawr. Roedd hi'n anhygoel nad oedd Mrs Silver prin wedi sylwi ar unrhyw newid o gwbl trwy gydol yr holl fusnes. Unwaith yn unig roedd hi wedi edrych i fyny a dweud, 'Wyddoch chi, Mr Hoppy, dwi'n credu ei fod e'n tyfu ychydig bach. Beth yw eich barn chi?'

'Alla i ddim gweld llawer o wahaniaeth fy hunan,' atebodd Mr Hoppy yn ddidaro.

Ond efallai ei bod hi'n bryd rhoi stop ar bethau. Y noson honno roedd Mr Hoppy ar fin mynd allan ac awgrymu i Mrs Silver y dylai hi bwyso Alffi pan ddaeth sgrech gynhyrfus o'r balconi islaw a wnaeth iddo ruthro allan.

'Edrychwch!' gwaeddai Mrs Silver. 'Mae Alffi'n rhy fawr i fynd drwy ddrws ei dŷ bychan! Mae'n rhaid ei fod wedi tyfu'n enfawr!'

'Pwyswch e,' gorchmynnodd Mr Hoppy. 'Ewch ag e i mewn a'i bwyso'n glou.'

Gwnaeth Mrs Silver hynny, ac mewn hanner
munud roedd hi'n ôl, yn dal y crwban yn ei dwylo ac
yn ei siglo uwch ei phen gan weiddi, 'Gredwch chi
byth, Mr Hoppy! Gredwch chi byth! Mae'n pwyso saith
owns ar hugain! Mae e ddwywaith y maint oedd e o'r
blaen! O, gariad bach!' gwaeddodd, gan fwytho'r
crwban. 'O dyna fachgen mawr gwych wyt ti! Edrych
beth mae Mr Hoppy clyfar wedi'i wneud i ti!'

Yn sydyn, teimlodd Mr Hoppy yn ddewr iawn. 'Mrs Silver,' meddai, 'ydych chi'n meddwl y gallwn i ddod i lawr yn glou i'ch balconi chi a dal Alffi fy hunan?'

'Wel, wrth gwrs hynny!' gwaeddodd Mrs Silver. 'Dewch ar unwaith.'

Rhuthrodd Mr Hoppy i lawr y grisiau ac agorodd Mrs Silver y drws iddo. Aethon nhw allan ar y balconi gyda'i gilydd. 'Edrychwch arno fe!' meddai Mrs Silver yn llawn balchder. 'On'd yw e'n wych!'

'Mae e'n grwban mawr, o faint da erbyn hyn,' meddai Mr Hoppy.

'A *chi* wnaeth hyn!' gwaeddodd Mrs Silver. 'Rydych chi'n gallu gwneud gwyrthiau, ydych wir!'

'Ond beth yn y *byd* wna i am ei dŷ e?' meddai Mrs Silver. 'Mae'n rhaid iddo fe gael tŷ i fynd iddo gyda'r nos, ond nawr dyw e ddim yn gallu mynd drwy'r drws.'

Roedden nhw'n sefyll ar y balconi ac yn edrych ar y crwban, oedd yn ceisio gwthio ei ffordd i mewn i'w dŷ. Ond roedd e'n rhy fawr.

'Fe fydd yn rhaid i mi wneud y drws yn fwy,' meddai Mrs Silver.

'Peidiwch â gwneud hynny,' atebodd Mr Hoppy. 'Peidiwch â difetha tŷ bychan mor bert. Wedi'r cyfan, petai Alffi ddim ond fymryn yn llai, gallai fynd i mewn yn hawdd.'

'Sut yn y byd y gall e fynd yn llai?' gofynnodd Mrs Silver.

'Mae hynny'n syml,' meddai Mr Hoppy.

'Newidiwch y geiriau hud. Yn lle dweud wrtho fe am fynd yn fwy ac yn fwy, dywedwch wrtho fe am fynd ychydig yn llai. Ond yn iaith y crwbanod, wrth gwrs.'

'Fydd hynny'n gweithio?'

'Wrth gwrs y bydd e'n gweithio.'

'Dywedwch yn union wrtha i beth ddylwn i ei ddweud, Mr Hoppy.'

Tynnodd Mr Hoppy ddarn o bapur a phensel allan ac ysgrifennu:

NAB WRC, NAB WRC,
REC GIDYCHY NY IALL, GIDYCHY NY IALL

'Fe wnaiff hwn y tro yn iawn, Mrs Silver,' meddai, gan roi'r papur iddi.

'Does dim gwahaniaeth gen i roi cynnig arni,' eglurodd Mrs Silver. 'Ond cofiwch, fyddwn i ddim eisiau iddo fe droi'n hen un pitw bach unwaith eto, Mr Hoppy.'

'Wnaiff e ddim, wraig annwyl, wnaiff e ddim,' meddai Mr Hoppy. 'Adroddwch y geiriau heno a nos yfory'n unig ac yna gweld beth ddigwyddiff. Efallai y byddwn ni'n lwcus.'

'Os bydd e'n gweithio,' meddai Mrs Silver, gan gyffwrdd â'i fraich yn dyner, 'yna chi yw'r dyn doethaf ar wyneb y ddaear.'

Cyn gynted ag roedd Mrs Silver wedi mynd i'r gwaith, y prynhawn canlynol, cododd Mr Hoppy y crwban i fyny o'i balconi a mynd ag ef i mewn i'w fflat. Y cyfan roedd yn rhaid iddo'i wneud oedd dod o hyd i grwban oedd fymryn bach yn llai, fel y byddai'n llwyddo i fynd drwy ddrws y tŷ bychan.

Dewisodd un a'i ollwng i lawr gyda'i ddaliwr crwbanod. Yna, gan ddal ei afael yn y crwban o hyd, arhosodd i weld a allai fynd drwy'r drws. Allai e ddim.

Dewisodd un arall. Aeth yr un yma drwy'r drws yn dwt. Da iawn. Gosododd y crwban ar ganol y balconi wrth ymyl darn o letys braf a mynd i'w fflat i aros i Mrs Silver ddod adref.

Y noson honno, roedd Mr Hoppy yn dyfrhau ei blanhigion ar y balconi pan glywodd Mrs Silver yn gweiddi'n gyffrous oddi tano.

'Mr Hoppy! Mr Hoppy! Ble rydych chi?' gwaeddai. 'Edrychwch ar hyn, wir!'

Cododd Mr Hoppy ei ben dros y rheilen a dweud, 'Beth sy'n bod?'

'O, Mr Hoppy, mae e wedi gweithio!' gwaeddai. 'Mae eich geiriau hud wedi gweithio ar Alffi unwaith eto! Nawr mae'n gallu mynd drwy ddrws ei dŷ bychan. Dyna wyrth!'

'Ga i ddod i lawr i weld?' bloeddiodd Mr Hoppy'n ôl.

'Dewch i lawr ar unwaith, ddyn annwyl!' atebodd Mrs Silver. 'Dewch i lawr a gweld y rhyfeddodau rydych chi wedi'u gwneud i Alffi bach!'

Trodd Mr Hoppy a rhedeg o'r balconi i mewn i'r ystafell fyw, gan neidio ar flaenau ei draed fel dawnsiwr bale rhwng y môr o grwbanod oedd dros y llawr i gyd. Agorodd ei ddrws ffrynt led y pen a hedfan i lawr y grisiau ddau ris ar y tro, a mil o ganeuon serch yn llenwi'i glustiau. *Dyma ni!* sibrydodd wrtho'i hun o dan ei anadl. *Mae eiliad fwyaf fy mywyd ar fin digwydd! Rhaid i mi beidio â gwneud cawl o bethau. Rhaid i mi gadw fy mhwyll!* Pan oedd dri chwarter y ffordd i lawr y grisiau, gwelodd fod Mrs Silver eisoes yn sefyll wrth y drws agored, yn barod i'w groesawu, ac yn wên o glust i glust. Cofleidiodd ef a gweiddi, 'Chi yw'r dyn mwyaf rhyfeddol dwi wedi cwrdd ag e erioed! Rydych chi'n gallu gwneud unrhyw beth! Dewch i mewn ar unwaith a gadewch i mi wneud cwpanaid o de i chi. Dyna'r lleiaf galla i ei gynnig!'

Ac yntau'n eistedd mewn cadair freichiau gyfforddus ym mharlwr Mrs Silver, roedd Mr Hoppy bron â drysu gan gyffro. Edrychodd ar y fenyw hyfryd oedd yn eistedd gyferbyn ag ef a gwenu arni. Gwenodd hithau'n ôl arno yntau.

Roedd ei gwên mor gynnes a chyfeillgar, fel y teimlodd yntau'n ddewr yn sydyn, ac meddai, 'Mrs Silver, wnewch chi fy mhriodi i, os gwelwch chi'n dda?'

'Wel, Mr Hoppy!' gwaeddodd hi. 'Ro'n i'n meddwl fyddech chi byth yn dod i ben â gofyn i mi! Wrth gwrs y gwna i eich priodi chi!'

Rhoddodd Mr Hoppy ei gwpan te o'r neilltu a safodd y ddau ar eu traed a chofleidio'n gynnes yng nghanol yr ystafell.

'I Alffi mae'r diolch,' meddai Mrs Silver, wedi colli ei gwynt, braidd.

'Yr hen Alffi annwyl,' cytunodd Mr Hoppy. 'Mi wnawn ni ei gadw am byth.'

Y prynhawn canlynol, aeth Mr Hoppy â'r holl grwbanod eraill yn ôl i'r siopau anifeiliaid anwes a dweud y gallen nhw eu cael nhw am ddim. Yna aeth ati i lanhau ei ystafell fyw, heb adael unrhyw ddail bresych nag olion crwbanod yn unman.

Ychydig wythnosau'n ddiweddarach, daeth Mrs
Silver yn Mrs Hoppy a bu'r ddau'n byw'n hapus iawn
byth wedyn.

O.N. Mae'n debyg dy fod yn meddwl tybed beth ddigwyddodd i Alffi bach, y crwban cyntaf un. Wel, cafodd ei brynu wythnos yn ddiweddarach o un o'r siopau anifeiliaid anwes gan ferch fach o'r enw Roberta Squibb, ac ymgartrefodd yng ngardd Roberta. Bob diwrnod roedd hi'n rhoi letys a darnau o domato a seleri crensiog iddo eu bwyta, a bob gaeaf byddai'n gaeafgysgu mewn blwch o ddail sych yn y sied.

Roedd hynny amser maith yn ôl. Mae Roberta wedi tyfu'n fawr ac wedi priodi erbyn hyn ac mae ganddi ddau o blant. Mae hi'n byw mewn tŷ arall, ond mae Alffi ganddi o hyd. Mae Roberta'n meddwl ei fod tua deg ar hugain mlwydd oed erbyn hyn. Mae Alffi wedi cymryd yr holl flynyddoedd hynny i dyfu ddwywaith y maint oedd e pan oedd yn byw gyda Mrs Silver. Ond fe lwyddodd yn y diwedd.

Roedd gan Roald Dahl drefn gaeth iawn i'r diwrnod. Byddai'n bwyta ei frecwast yn y gwely ac yn agor ei lythyrau. Am 10.30 y bore, byddai'n cerdded drwy'r ardd i'w gwt ysgrifennu ac yn gweithio tan hanner dydd. Yna, byddai'n mynd i'r tŷ i gael cinio – fel arfer gin a thonic, ac yna corgimwch o Norwy gyda *mayonnaise* a letys. Ar ddiwedd pob pryd, byddai Roald a'i deulu'n cael barryn o siocled o flwch plastig coch.

Ar ôl cael cyntun, byddai'n mynd â fflasg o de 'nôl i'r cwt ysgrifennu ac yn gweithio o 4 o'r gloch y prynhawn tan 6. Byddai'n ôl yn y tŷ am chwech o'r gloch yn union, yn barod i gael ei swper.

Mewn pensil yr ysgrifennai bob amser, a dim ond math arbennig iawn o bensil melyn â rwber ar ei ben y byddai'n ei ddefnyddio. Cyn dechrau ysgrifennu, byddai Roald yn gwneud yn siŵr fod ganddo chwe phensil a min arnyn nhw mewn jar wrth ei ymyl. Roedden nhw'n para dwy awr cyn bod angen rhoi min arnyn nhw wedyn.

Roedd Roald yn ffyslyd iawn pa fath o bapur a ddefnyddiai hefyd. Ysgrifennodd bob un o'i lyfrau mewn llyfrau nodiadau melyn o America, a fyddai'n cael eu hanfon ato o Efrog Newydd. Byddai'n ysgrifennu ac ailysgrifennu nes ei fod yn siŵr fod pob gair yn iawn. Roedd yn taflu llawer o bapur melyn. Unwaith y mis, pan fyddai ei fin sbwriel mawr yn llawn dop, gwnâi danllwyth o dân yn union y tu allan i'r cwt ysgrifennu (lle gwelwyd llinell o barddu ar un o'r waliau gwyn cyn hir).

Ar ôl i Roald orffen ysgrifennu llyfr, byddai'n rhoi'r pentwr o bapur melyn yn llawn ysgrifen fel traed brain i Wendy, ei ysgrifenyddes, a byddai hithau'n ei droi'n deipysgrif daclus i'w hanfon at ei gyhoeddwr.

G O B L F F W N C

Roedd Roald Dahl yn dwlu ar chwarae o gwmpas â geiriau a chreu rhai newydd. Roedd yr CMM yn 'clwbran' mewn iaith wahanol iawn! Dyma rai o'r geiriau roedd e'n eu defnyddio:

CLWBRAN

Clwbran yw cael sgwrs fach braf â rhywun.

SGLEDFRIO

Symud yn gyflym iawn.

LLIFRGI

Person twp neu ffôl.

LOSIN CARAMEL

Losin sy'n llenwi tyllau yn eich dannedd.

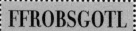

FFROBSGOTL

Hoff ddiod yr CMM. Mae'n wyrdd golau ac yn byrlymu, ac mae'n gwneud iddo wib-bopio!

SMWRIEL

Rho fe yn y bin, sbwriel yw e.

PLANTLOS

Gair yr CMM am
blant bach.

JIW-JIWBIAU MINTYS

Un o greadigaethau Mr
Wonka yw'r losin yma sy'n
gwneud i'ch dannedd
droi'n wyrdd.

PWDRIG

Pan fydd rhywbeth
yn dechrau pydru
ac yn drewi.

DIFERION YR ENFYS

Losin gan Mr Wonka. Ar ôl eu
sugno, byddwch chi'n gallu poeri
mewn chwe lliw gwahanol.

IYM-SGRYM-FLASWYCH

Blasus a hyfryd.

BOCS FFLWCS TELI-TELI

Gair yr CMM am y teledu!

CLODDFA ROC

Roedd y gloddfa yma
yn ffatri Mr Wonka.

DYMA QUENTIN BLAKE

"Arlunydd llyfrau plant gorau'r byd heddiw!" – Roald Dahl

Mae Roald Dahl a Quentin Blake yn bartneriaeth berffaith o eiriau a darluniau, ond pan ddechreuodd Roald ysgrifennu, roedd nifer o wahanol arlunwyr yn darlunio'i waith. Dechreuodd Quentin weithio gydag ef yn 1976 (*Y Crocodeil Anferthol*, a gyhoeddwyd yn 1978 oedd y llyfr cyntaf iddo'i ddarlunio) ac o hynny ymlaen buon nhw'n cydweithio hyd at farwolaeth Roald. Yn y pen draw darluniodd Quentin bob un o lyfrau Roald Dahl, ac eithrio *The Minpins*.

I ddechrau, roedd Quentin ychydig yn nerfus am weithio gydag awdur mor enwog, ond erbyn iddyn nhw ddod i gydweithio ar *Yr CMM*, roedden nhw wedi dod yn ffrindiau da. Fyddai Quentin yn gwybod dim am stori newydd nes y byddai'r llawysgrif yn cyrraedd. Weithiau byddai Roald yn dweud, 'Fe gei di hwyl gyda hon,' – dro arall, 'Fe gei di beth trafferth gyda hon.'

Byddai Quentin yn gwneud llawer o frasluniau ac yn mynd â nhw i Dŷ'r Sipsi, lle byddai'n eu dangos i Roald a gweld beth oedd ei farn. Roedd Roald yn hoffi cael llond y lle o ddarluniau yn ei lyfrau – yn y diwedd tynnodd Quentin ddwywaith cymaint o ddarluniau ar gyfer *Yr CMM* â'r bwriad gwreiddiol.

Hoff lyfr Quentin Blake gan Roald Dahl yw *Yr CMM*. Pan nad oedd yn hollol siŵr pa fath o esgidiau fyddai gan yr CMM, dyma Roald yn anfon un o'i hen sandalau at Quentin drwy'r post – a dyna'r llun a dynnodd!

Ganwyd Quentin Blake ar 16 Rhagfyr 1932. Cyhoeddwyd ei ddarlun cyntaf pan oedd yn 16 oed, ac mae wedi ysgrifennu a darlunio nifer o lyfrau ei hun, yn ogystal â darlunio rhai Roald Dahl. Bu hefyd yn dysgu yn y Coleg Celf Brenhinol am dros ugain mlynedd – mae'n athro coleg go iawn! Yn 1999 dewiswyd Quentin Blake yn Children's Laureate cyntaf. Yn 2005 cafodd y CBE am ei wasanaeth i lenyddiaeth plant.

Cewch wybod rhagor yn quentinblake.com

Y PASG

Bu farw tad Roald Dahl pan oedd Roald yn ddim ond tair blwydd oed, felly magodd ei fam ef a'i chwiorydd ar ei phen ei hun. Bob Pasg byddai'n llogi tŷ yn Ninbych-y-pysgod, ac yn mynd â'r plant i gyd yno ar wyliau. Roedd y tŷ o'r enw The Cabin yn union ar lan y môr. Pan oedd y llanw i mewn, torrai'r tonnau yn erbyn un o waliau'r tŷ. Roedd Roald a'i chwiorydd yn arfer casglu gwichiaid a'u bwyta ar dafelli o fara menyn.

Gwyliau'r haf oedd orau ganddo. O'r adeg pan oedd yn bedair blwydd oed tan oedd e'n ddwy ar bymtheg, byddai Roald a'i deulu'n mynd i Norwy bob haf. Doedd dim awyrennau masnachol y dyddiau hynny, felly roedd y daith yn antur wych. Cymerai bedwar diwrnod i fynd yno, a phedwar diwrnod i ddod yn ôl! Roedd hi'n cymryd dau ddiwrnod a noson i groesi'r o Newcastle i Oslo, ac fel arfer, byddai Roald yn dioddef o salwch môr.

O'r diwedd, bydden nhw'n cyrraedd y lle roedd Roald Dahl yn ei alw'n 'ynys hud', sef ynys Tjøme mewn ffiord yn Norwy. Byddai'r teulu'n nofio ac yn torheulo, yn chwilio a chwalu mewn pyllau, ac yn mynd i bysgota. Pan oedd Roald yn saith oed, prynodd ei fam gwch modur ac roedden nhw'n gallu mynd i ymweld ag ynysoedd eraill.

'Bydden ni'n cydio'n dynn yn ochrau ein cwch modur bach gwyn doniol, gan yrru trwy donnau enfawr fel mynyddoedd ewynnog a gwlychu at y croen, tra byddai fy mam yn trin y llyw'n dawel. Weithiau, wir i chi, roedd y tonnau mor uchel, nes y byddai'r byd yn diflannu o'r golwg wrth i ni lithro i lawr i gafn . . . Mae angen tipyn o allu i drin cwch bach pan fydd y môr yn dymhestlog iawn . . . Ond gwyddai fy mam yn union sut roedd gwneud, a doedd dim ofn arnon ni.'

Roald Dahl

Roedd yn dal iawn – chwe throedfedd, pum modfedd a thri chwarter, neu bron i ddau fetr. 'Lofty' oedd ei enw yn yr RAF, ac roedd Walt Disney yn ei alw'n 'Stalky' (achos ei fod fel coeden ffa!).

'Apple' oedd ei lysenw gartref, am mai ef oedd cannwyll llygad ei fam (*apple of her eye* yn Saesneg), sef ei ffefryn hi.

Pan oedd yn naw oed, dywedodd ei fod yn dioddef o lid y pendics achos bod cymaint o hiraeth arno yn ystod ei bythefnos gyntaf mewn ysgol breswyl. Llwyddodd i dwyllo'r fetron a meddyg yr ysgol a chafodd ei anfon adref. Ond ni allai dwyllo ei feddyg ei hun. Gwnaeth y meddyg iddo addo na fyddai'n gwneud hyn byth eto.

Roedd yn anobeithiol am sillafu, ond roedd yn hoffi chwarae Scrabble.

Doedd e ddim yn hoffi cathod – ond roedd yn hoffi cŵn, adar a geifr.

Ysgrifennodd Roald Dahl y sgript i ffilm James Bond *You Only Live Twice*.

Roedd pioden ddof ganddo unwaith.

Roedd yn dwlu ar ffotograffiaeth yn yr ysgol a phan oedd yn ddeunaw, enillodd ddwy wobr: un gan y Gymdeithas Ffotograffiaeth Frenhinol yn Llundain ac un arall gan Gymdeithas Ffotograffiaeth yr Iseldiroedd.

Ewch ar daith o gwmpas gwefan swyddogol iym-sgrym-flaswych Roald Dahl gyda'ch hoff gymeriadau yn

roalddahl.com

Roald Dahl

'Mae syniad am stori'n tueddu i hedfan i'm meddwl i ar unrhyw adeg o'r dydd, ac os nad ydw i'n ei nodi'n syth, yn y fan a'r lle, fe fydd wedi mynd am byth. Felly rhaid i mi ddod o hyd i bensil, ysgrifbin, creon, minlliw, unrhyw beth cyfleus, a sgriblan ychydig eiriau a fydd yn fy atgoffa o'r syniad. Yna, cyn gynted ag y daw'r cyfle, dw i'n mynd yn syth i'r cwt ac yn ysgrifennu'r syniad mewn hen lyfr ysgol coch.'

Fedri di ddyfalu o ba lyfr ddaeth y syniad hwn?

What about a chocolate factory
That makes fantastic and marvellous
Things — with a crazy man running it?

Charlie a'r Ffatri Siocled

Y rheswm pam dw i'n casglu syniadau da yw ei bod hi wir yn anodd iawn dod o hyd i blot ar gyfer stori. Maen nhw'n mynd yn brinnach ac yn brinnach bob mis. Rhaid i unrhyw stori dda ddechrau gyda phlot cryf sy'n cadw'r diddordeb tan y diwedd. Fy mhrif ofid wrth ysgrifennu stori yw'r ofn dychrynllyd fy mod yn diflasu'r darllenydd. Felly, wrth i mi ysgrifennu fy storïau, dw i o hyd yn ceisio creu sefyllfaoedd a fydd yn gwneud i'r darllenydd:

1. Chwerthin llond bol o chwerthin
2. Gwingo
3. Rhyfeddu
4. Mynd yn NERFUS a CHYFFROUS a dweud, "Darllen! Dal ati i ddarllen! Paid stopio!"

Ym mhob llyfr da, mae yna gymysgedd o bobl hynod gas – sydd bob amser yn hwyl – a rhai pobl neis. A rhaid cael rhywun i'w gasáu ym mhob stori. Po fwyaf ffiaidd a brwnt yw'r person, mwyaf o hwyl sydd yna wrth ei wylio'n cael ei lorio.

Roald Dahl

Pan oedd Roald yn un ar bymtheg, penderfynodd fynd ar ei wyliau ar ei ben ei hun i Ffrainc. Croesodd y Sianel o Dover i Calais gyda £24 yn ei boced (swm mawr o arian yn 1933). Roedd Roald eisiau gweld y Môr Canoldir, felly aeth ar y trên i Baris yn gyntaf, yna ymlaen i Marseilles lle'r aeth ar fws a oedd yn mynd yr holl ffordd ar hyd yr arfordir tuag at Monte Carlo. Yn y diwedd cyrhaeddodd le o'r enw St Jean Cap Ferrat ac arhosodd yno am ddeng niwrnod, yn crwydro o gwmpas ar ei ben ei hun ac yn gwneud beth bynnag roedd e eisiau. Dyma'r tro cyntaf iddo gael blas ar ryddid llwyr – a beth oedd bod yn oedolyn.

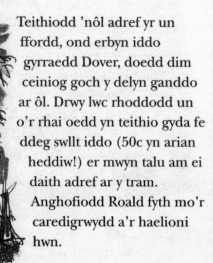

Teithiodd 'nôl adref yr un ffordd, ond erbyn iddo gyrraedd Dover, doedd dim ceiniog goch y delyn ganddo ar ôl. Drwy lwc rhoddodd un o'r rhai oedd yn teithio gyda fe ddeg swllt iddo (50c yn arian heddiw!) er mwyn talu am ei daith adref ar y tram. Anghofiodd Roald fyth mo'r caredigrwydd a'r haelioni hwn.

Pan oedd Roald yn ddwy ar bymtheg aeth i Newfoundland, Canada, gyda 'Cymdeithas Fforio'r Ysgolion Bonedd'. Gyda thri deg o fechgyn eraill, treuliodd dair wythnos yn cerdded dros dirwedd diffaith gyda sach deithio enfawr. Roedd hi'n pwyso cymaint fel bod angen rhywun i'w chodi ar ei gefn bob bore. Roedd y bechgyn yn byw ar pemmican (darnau cul o gig wedi'i wasgu, braster, ac aeron) a ffacbys, ac roedden nhw'n arbrofi gyda bwyta cen a mwsogl carw wedi'i ferwi oherwydd eu bod nhw'n llwgu cymaint. Roedd hon yn antur go iawn ac ar ôl hyn roedd Roald yn heini ac yn barod am unrhyw beth!

ADRODDIADAU YSGOL
Roald Dahl

Yn 1929, pan oedd yn dair ar ddeg, cafodd Roald Dahl ei anfon i ysgol breswyl. Byddet ti'n disgwyl iddo gael marciau gwych yn Saesneg – ond doedd ei adroddiadau ysgol ddim yn dda!

TYMOR YR HAF, 1930 (14 oed).
Traethodau Saesneg.
"Nid wyf i erioed wedi cwrdd â bachgen sydd bob amser yn ysgrifennu'r gwrthwyneb i'r hyn mae'n ei feddwl. Mae fel petai'n methu crynhoi ei syniadau ar bapur."

Mae fy adroddiadau diwedd tymor o'r ysgol hon yn eithaf diddorol. Dyma bedwar ohonynt yn unig, wedi'u copïo air am air o'r rhai gwreiddiol:

TYMOR Y PASG, 1931 (15 oed). *Traethodau Saesneg.*
"Mae'n cymysgu popeth o hyd. Geirfa ddibwys, brawddegau heb eu cynllunio. Mae'n fy atgoffa o gamel."

TYMOR YR HAF, 1932 (16 oed). *Traethodau Saesneg.*
"Mae'r bachgen hwn yn aelod diog ac anllythrennog o'r dosbarth."

TYMOR YR HYDREF, 1932 (17 oed). *Traethodau Saesneg.*
"Yn gyson ddiog. Prin yw'r syniadau."

Dim syndod na feddyliais am fod yn awdur y dyddiau hynny.

Ceir mwy o hanes Roald Dahl yn yr ysgol yn y llyfr *Boy.*

MEDDAI

ROALD DAHL

'Dw i'n credu mai caredigrwydd yw'r peth pwysicaf i mi mewn bod dynol. Mae'n bwysicach na phethau fel gwroldeb, neu ddewrder, neu haelioni, neu unrhyw beth arall. Os ydych chi'n garedig, dyna ni.'

'Dw i'n gwbl argyhoeddedig fod y rhan fwyaf o oedolion wedi anghofio'n llwyr beth yw bod yn blentyn rhwng pump a deg oed . . . dw i'n gallu cofio'n union beth ydoedd. Dw i'n siŵr fy mod i.'

'Pan feddyliais gyntaf am ysgrifennu'r llyfr *Charlie a'r Ffatri Siocled*, yn wreiddiol doeddwn i ddim yn meddwl cael plant ynddo o gwbl!'

'Petawn i'n cael fy ffordd, byddwn yn tynnu mis Ionawr o'r calendr yn grwn, a chael mis Gorffennaf ychwanegol yn ei le.'

'Fe allwch chi ysgrifennu am unrhyw beth i blant ond bod hiwmor gyda chi.'

Hefyd ar gael oddi wrth
Cyhoeddiadau Rily . . .

www.rily.co.uk